GUÍA DE LECTURA

Escrita por Cécile Perrel
Traducida por Tamara Montes Blanco

Miguel Strogoff

de Julio Verne

Entiende fácilmente la literatura con

Resumen
Express.com

www.resumenexpress.com

JULIO VERNE

NOVELISTA FRANCÉS

- **Nacido en 1828 en Nantes (Francia)**
- **Fallecido en 1905 en París (Francia)**
- **Algunas de sus obras:**
  - *Viaje al centro de la Tierra* (1864), novela
  - *La vuelta al mundo en 80 días* (1873), novela
  - *La isla misteriosa* (1874), novela

Julio Verne, nacido en Nantes en 1828, comienza a estudiar Derecho y, a partir de 1852, publica una obra de teatro y algunos relatos. Entabla amistad con el aventurero Jacques Arago (autor y explorador francés) y conoce a exploradores y científicos. Su primera novela, *Cinco semanas en globo* (1863) cosecha un éxito inconmensurable. Es el comienzo de *Viajes extraordinarios*, que se compondrá de dieciocho relatos y sesenta y cinco novelas, entre las que se encuentran: *Viaje al centro de la Tierra* (1864), *Veinte mil leguas de viaje submarino* (1869), *La vuelta al mundo en 80 días* (1873), *La isla misteriosa* (1874), *Miguel Strogoff* (1876), etc. Estas obras —tras las que hay un gran proceso de documentación y que mezclan aventuras, ciencia ficción e imaginación— reflejan el interés del autor por los avances tecnológicos de su época y su gusto por los viajes.

En 1886, la muerte de su editor y amigo Jules Hetzel y el declive de su interés por la ciencia hacen que su carrera dé un giro. Muere en Amiens en 1905. Hoy en día, es uno de los autores de lengua francesa más traducidos del mundo.

MIGUEL STROGOFF

UNA CAUTIVADORA NOVELA DE AVENTURAS

- Género: novela de aventuras
- Edición de referencia: Verne, Julio. 2005. *Miguel Strogoff.* Traducido por Íñigo Valverde Mordt. Madrid: Grupo Anaya
- Primera edición: 1876
- Temáticas: invasión, aventura, complot, viaje, traición

Miguel Strogoff, publicada en 1876, fue escrita especialmente para la visita a París del zar Alejandro II de Rusia. Esta novela describe el recorrido de Miguel Strogoff, mensajero del zar, de Moscú a Irkutsk, una ciudad de Siberia oriental. Este personaje es el encargado de advertirle al gran duque ⬛el hermano del zar, que permanece sin noticias de Moscú desde que cortaron el cable del telégrafo⬛ acerca de la inminente invasión de Siberia por parte de los tártaros, comandados entre otros por el traidor Iván Ogareff. Durante su periplo, Miguel Strogoff se encuentra con multitud de obstáculos y tiene que enfrentarse a un gran número de contratiempos, por lo que llega a su destino al cabo de tres meses, en lugar de los dieciocho días previstos.

RESUMEN

PRIMERA PARTE

Una noche de mediados de julio, en el Palacio Nuevo de Moscú, el zar organiza una velada que resulta todo un éxito. Sin embargo, el soberano no está tranquilo: Siberia es el objetivo de una invasión fomentada por el traidor Iván Ogareff, ayudado por el jefe tártaro Feofar Kan. Ogareff era un oficial del cuerpo especial de mensajeros del zar, antes de que el gran duque ⬚el hermano del zar⬚ lo despidiera y fuera condenado al exilio en Siberia por haber llevado a cabo diversas tretas que ponían a Rusia en peligro. Finalmente, fue indultado por el propio zar, pero ahora quiere vengarse matando al gran duque.

El zar ha sido informado del comienzo de la invasión y del corte de los cables del telégrafo en ciertos pueblos de Siberia oriental, región en la que el gran duque se encuentra de visita. El único medio de advertirle del peligro que corre es encontrar a un hombre de confianza que pueda recorrer los miles de kilómetros que separan Moscú de Irkutsk, la ciudad de Siberia donde se aloja el gran duque. Entonces, se decide enviar a Miguel Strogoff, un joven siberiano de treinta años que es oficial en el prestigioso cuerpo de mensajeros del zar.

Miguel Strogoff parte del palacio durante la noche. Aunque se trata de no divulgar la noticia de la invasión, dos hombres están al corriente, dos periodistas europeos: un inglés, Harry Blount, un francés, Alcide Jolivet. Ambos deciden ir hasta Siberia para poder estar en el teatro de operaciones.

El viaje de Moscú a Irkutsk se hace, como mínimo, en dieciocho días, pero, por lo general, hay que contar con cuatro
o cinco semanas de viaje. Miguel Strogoff abandona Moscú
bajo el nombre de Nicolás Korpanoff y se hace pasar por
comerciante. Su periplo comienza en tren y ahí repara en
una joven que viaja sola. En Nizhni Nóvgorod, donde ha de
embarcarse hacia Perm, un anuncio oficial sorprende a todo
el mundo: a partir de ese momento, se prohíbe a todo ciudadano ruso salir de la provincia y a todo ciudadano extranjero
de origen asiático entrar en ella. Puesto que Miguel Strogoff
posee un salvoconducto, esta medida no supone ninguna
complicación en su viaje.

Asimismo, decide ayudar a la joven que ha conocido en el
tren, quien no tiene autorización, haciéndola pasar por su
hermana. Entonces, esta sube con él a bordo del Cáucaso,
en el que también han embarcado los dos periodistas europeos. Miguel Strogoff, mientras se pasea por la cubierta
reservada a la tercera clase, repara en un grupo de bohemios
cuya conversación llama su atención: están al corriente de
que un mensajero del zar ha salido de Moscú y parecen
convencidos de que no llegará a su destino.

Al día siguiente, la joven a la que Miguel Strogoff ha tomado
bajo su protección se confía a él. Se llama Nadia Fedor y va a
encontrarse con su padre, exiliado en Irkutsk. Puesto que su
madre había muerto hacía un año, Nadia pidió al gobierno
una autorización para reunirse con su único progenitor vivo.

El 19 de julio, el barco acosta en Perm. Ahí, Miguel Strogoff
compra un vehículo y contrata los servicios de un cochero a
fin de continuar su recorrido por carretera, aún en compañía

de Nadia. Dos días más tarde, se encuentran al pie de los montes Urales, pero se adentran en ellos de noche, se desencadena una terrible tormenta y, de pronto, se empiezan a oír gritos. Miguel Strogoff va en auxilio de dos viajeros que se hallan en peligro, quienes resultan ser los dos periodistas, Harry Blount y Alcide Jolivet. Continúan el viaje todos juntos.

El 23 de julio, llegan a Ishim, donde esperan poder cambiar de caballos en el relevo de postas. Ahí, se enteran de que la invasión tártara gana terreno. De pronto, un viajero irrumpe en el lugar y pide que le cambien los caballos. Pero los últimos disponibles ya han sido reservados para Miguel Strogoff. Entonces, el desconocido provoca a este último, llegando incluso a golpearlo. Miguel Strogoff, a pesar del insulto, se mantiene impasible: debe concentrarse en su misión y no arriesgarse a desvelar su verdadera identidad, así que el otro viajero se marcha con los últimos caballos.

Unos días más tarde, cuando están atravesando un río, Miguel y Nadia sufren el ataque de unos guerreros tártaros y, mientras que Nadia es hecha prisionera, Miguel consigue escaparse.

El 25 de julio, Miguel Strogoff llega a Omsk, donde vive Marfa, su madre, a quien ha decidido no ir a visitar para mantener su falsa identidad. Sin embargo, se la encuentra por casualidad en un restaurante: niega conocerla y la trata de loca, entonces se marcha del lugar. Marfa descubre, aunque demasiado tarde, de que sin duda su hijo estaba en medio de una misión. La arrestan y la llevan ante Ogareff, que descubre enseguida la comisión de Miguel Strogoff.

Este, por su parte, ha reconocido a Ogareff, que no es otro que el viajero con el que tuvo un altercado en Ishim. Miguel Strogoff consigue dejar la ciudad y prosigue su viaje. Se rencuentra con Harry Blount y Alcide Jolivet, pero los tres hombres son capturados por los tártaros y llevados a un campo de prisioneros.

SEGUNDA PARTE

Este campo es donde vive Feofar Kan. Unos días más tarde, llegan Ogareff y su ejército. Harry Blount y Alcide Jolivet exigen la libertad, puesto que son neutros en el conflicto, y esta les es concedida.

También ahí es adonde han llevado a Nadia y a Marfa Strogoff. Cuando las dos mujeres se conocen, hablando, Marfa descubre que Nicolás Korpanoff y Miguel Strogoff son la misma persona.

Para conseguir que Miguel Strogoff desvele su misión, Ogareff hace venir a Marfa y se dispone a torturarla con el látigo, pero enseguida, Miguel se apodera del látigo y golpea a Ogareff en la cara, lo que le deja una cicatriz imborrable. Por este ultraje, condenan a Miguel Strogoff a la ceguera. La sentencia es ejecutada por un verdugo que presenta ante sus ojos un sable al rojo vivo que le quema las córneas.

Ogareff se apodera de la carta del zar, pero Nadia promete a Miguel que lo conducirá hasta Irkutsk. Entonces, comienzan un arduo camino a pie. Tras varios días de marcha, se encuentran con un campesino en una carreta que acepta llevarlos hasta su destino. Por el camino solo encuentran ruinas calcinadas y desolación; los tártaros han sembrado el terror a su paso. Además, bruscamente, se vuelven a encontrar cara a cara con los enemigos: vuelven a hacerlos prisioneros. Sin embargo, rápidamente, la cuerda que los une a su carcelero se desata, y Miguel y Nadia se encuentran solos en mitad de la estepa. Entonces, retoman su marcha. Nadia guía a Miguel lo mejor que puede y acaban a orillas del lago Baikal, donde embarcan en una balsa con otras personas. El destino quiere que, en esta embarcación, se encuentren Alcide Joliver y Harry Blount.

Mientras tanto, en Irkutsk la situación se agrava: las tropas tártaras rodean la ciudad y los refuerzos rusos se hacen esperar. Entonces, el gran duque recluta a algunos de los exiliados y forma un ejército. A la cabeza de este se encuentra Vasili Fedor, el padre de Nadia.

Cuando llega a la ciudad, Ogareff se presenta ante el gran duque haciéndose pasar por Miguel Strogoff: le presenta la carta del zar y le da información falsa sobre la situación de las tropas enemigas y sobre la avanzada de los rusos. Quiere matar con sus propias manos al hermano del zar y facilitar la entrada de los tártaros a la ciudad. El gran duque confía en él.

Mientras tanto, Nadia y Miguel han conseguido entrar en Irkutsk y acceden al palacio del gobernador, donde se encuentran ante Ogareff. Se inicia un duelo entre ambos hombres, para desesperación de Nadia: ¿cómo podrá defenderse Miguel sin ver nada? Pero, en realidad, las lágrimas que Miguel Strogoff tenía en los ojos en el momento de su suplicio habían formado una barrera entre la abrasadora hoja y sus córneas, de tal modo que había conseguido salvarse de la ceguera. Por lo tanto, el duelo con Ogareff se vuelve a favor de Miguel, que mata al traidor. Entre tanto, llega el gran duque y descubre lo que acaba de suceder y el peligro del que se ha librado.

Finalmente, Nadia se reúne con su padre y Miguel le pide matrimonio. Tras la ceremonia, los dos jóvenes recién casados regresan a Rusia, donde se reúnen con Marfa Strogoff y donde Miguel obtiene un importante cargo.

ESTUDIO DE LOS PERSONAJES

MIGUEL STROGOFF

Miguel Strogoff es un ruso de origen siberiano, oficial en el prestigioso cuerpo de correos del zar. Al principio de la novela tiene treinta años. De constitución robusta, tiene una altura imponente, hasta el punto de que «no habría sido fácil moverlo de su sitio en contra de su voluntad, porque, una vez que había puesto los pies en el suelo, parecía que hubiesen echado raíces» (Verne 2005, 34). Tiene los ojos de color azul oscuro y una mirada directa y sincera que deja adivinar un carácter recto y honesto. Tiene una mentalidad obstinada y decidida. Asimismo, es fidelísimo y no duda en arriesgar su vida para cumplir la misión que se le ha encomendado. Su única debilidad es su madre, Marfa Strogoff, a la que va a visitar en cuanto puede. Pero, en cierto modo, ella es la causa de su perdición, ya que Miguel, que no puede soportar ver cómo los tártaros la maltratan, corre en su auxilio y, a causa de esto, desvela su verdadera identidad.

NADIA FEDOR

Nadia Fedor es una joven rusa de unos diecisiete años. Es alta, realmente guapa y muy discreta. Miguel Strogoff se encuentra con ella en el tren al comienzo de su periplo y se sorprende al enterarse de que viaja sola hasta Irkutsk. Su padre, médico, fue exiliado a Siberia unos años antes. Nadia continuó viviendo con su madre en Rusia, pero ahora que esta última está muerta, la joven desea reunirse con su padre. Se la presenta como una chica de una gran valentía y determinación. Es quien guía a Miguel Strogoff cuando todo el mundo piensa que está ciego, además, nunca ceja en su empeño de hacer frente a las dificultades que se le presentan. Al final de la novela, se casa con el protagonista.

IVÁN OGAREFF

Iván Ogareff es un antiguo oficial del Imperio que fue degradado y después exiliado por el gran duque tras involucrarse en un asunto de alianzas secretas. Más tarde, el zar lo indultó, pero Ogareff le guarda mucho rencor al gran duque. Es un hombre muy inteligente, con una gran ambición y que no se amedranta ante ninguna dificultad. Se esfuerza en conseguir la derrota del gran duque y la de Rusia para vengarse de este último. Para ello, se alía con un jefe tártaro, Feofar Kan y lo ayuda a invadir Siberia. Es el enemigo declarado de Miguel Strogoff. Los dos hombres se encuentran en varias ocasiones y, al final de la novela, el protagonista logra matarlo.

LOS DOS PERIODISTAS EUROPEOS

Harry Blount es un reportero inglés del *Daily Telegraph*. Es alto, pelirrojo, frío, flemático y parco en palabras y movimientos. Tiene una memoria auditiva excelente. En cuanto a Alcide Jolivet, es un francés despierto, petulante, perspicaz y refinado. Habla mucho, pero es muy reservado. Tiene una memoria visual muy buena. Así, estos dos hombres son el opuesto exacto el uno del otro. Se conocen en la velada organizada en el Palacio Nuevo y después se rencuentran sistemáticamente en los mismos lugares, en los que cada uno trata de transmitir antes que el otro la información a su periódico. Conocen a Miguel Strogoff una noche de tormenta en las montañas. Este último acude en su ayuda y, desde entonces, sus caminos no paran de cruzarse. También asisten a la ceremonia nupcial de Miguel y Nadia al final de la novela. No tienen un papel definido en la historia, no participan en la acción, pero son dos valiosos testigos de ella.

CLAVES DE LECTURA

ESQUEMA ACTANCIAL

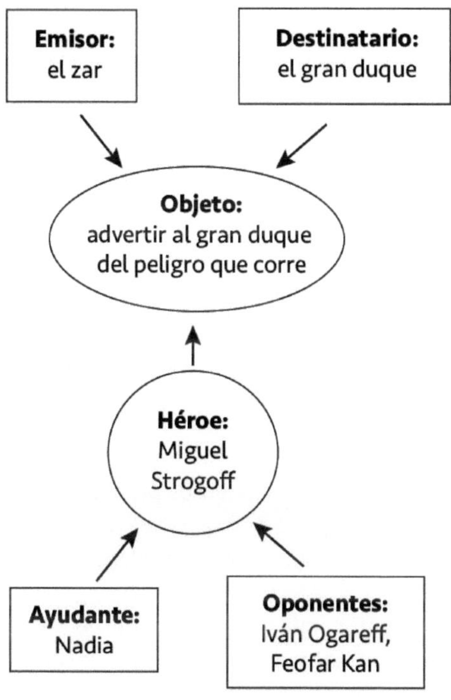

ESQUEMA NARRATIVO

Situación inicial: es el comienzo de la historia, el momento en el que colocamos el decorado y a los personajes; la situación está equilibrada, es decir, que no hay ningún motivo para que evolucione.

- En Rusia, en la época de los zares, la invasión de Siberia por parte de un traidor amenaza al Imperio. Es necesario advertir del peligro que corre al gran duque, hermano del zar, ya que se encuentra precisamente en Siberia.

Elemento perturbador: es un acontecimiento que trastoca la situación inicial y que desencadenará la historia propiamente dicha.

- Los invasores cortan los cables del telégrafo, lo que impide que se pueda prevenir al gran duque. Por lo tanto, hay que encontrar a un hombre capaz de recorrer lo más rápidamente posible los miles de kilómetros que separan Moscú de Siberia oriental. Este hombre es Miguel Strogoff.

Peripecias: son los acontecimientos provocados por el elemento perturbador y que acarrean la o las acciones que el héroe lleva a cabo para resolver el problema.

- Miguel Strogoff comienza su viaje, pero enseguida se ve obligado a enfrentarse a los ejércitos tártaros y a sus jefes, Feofar Kan e Iván Ogareff —este último es el traidor ruso que conspira contra su patria—. Primero lo hacen prisionero, después lo condenan a la ceguera en la prisión tártara, y a continuación lo abandonan sin que pueda ver nada y sin ningún medio de locomoción en la estepa desierta, con la única compañía de Nadia, una viajera que comparte su desventura.

Desenlace: pone fin a las peripecias y conduce a la situación final.

- Miguel Strogoff (que ha fingido la ceguera) consigue llega a Siberia y mata a Iván Ogareff.

Situación final: es el final del relato; la situación vuelve a ser estable, como la situación inicial, pero ha sufrido transformaciones.

- Rusia está salvada y los invasores han sido expulsados. Miguel Strogoff se casa con Nadia y obtiene un puesto importante en el seno del Imperio.

UNA NOVELA DE AVENTURAS

Miguel Strogoff es una novela, género literario narrativo que se caracteriza por una historia relativamente larga (lo que la diferencia del relato, que está compuesto por pocas decenas de páginas). Desde el siglo XVIII, la novela es el género literario predominante. Existen varias categorías: novela histórica, novela epistolar, novela psicológica, etc. *Miguel Strogoff* forma parte de la categoría de las novelas de aventuras. Este tipo de obra experimentó su época dorada entre 1850 y 1950, en particular en el período en el que se fundaron los imperios coloniales europeos, así como en Estados Unidos en el contexto de la Conquista del Oeste. Como ejemplos, podemos citar *Ivanhoe* (1819) de Walter Scott (escritor escocés, 1771-1832), *El conde de Montecristo* (1845) de Alejandro Dumas padre (escritor francés, 1802-1870), *La isla del tesoro* (1883) de Robert Louis Stevenson (escritor escocés, 1850-1894) o *El último mohicano* (1826) de

Fenimore Cooper (novelista estadounidense, 1789-1851).

La principal característica de la novela de aventuras es que pone de relieve la acción multiplicando las peripecias rocambolescas. Juega con el suspense, que se mantiene constantemente para suscitar el interés del lector, gracias a un gran número de giros: el protagonista se enfrenta a elementos que le hacen difícil avanzar, que le impiden lograr su objetivo, y debe superar estos obstáculos a fin de cumplir con la misión que se le ha encomendado. Así, la acción prima sobre la psicología de los personajes, que en general se reparten de un modo maniqueo: son buenos o malos, rara vez están poco definidos en este aspecto. El protagonista siempre representa el bien que acaba triunfando. Finalmente, en lo que concierne al marco espaciotemporal de la historia, la novela de aventuras suele desarrollarse en algún país lejano y cuenta con el gusto del lector por lo foráneo, con sus ganas de exotismo.

¿Qué hace que *Miguel Strogoff* sea una novela de aventuras?

- Julio Verne introduce numerosas peripecias que mantienen al lector en vilo: ¿conseguirá Miguel Strogoff cumplir con su misión? En cada etapa de su viaje, se encuentra con dificultades que parecen insuperables: circula por un país que está sufriendo una invasión y donde puede encontrarse con enemigos en cualquier momento. Se ponen todos los medios para retrasar el cumplimiento de su misión: es torturado por los tártaros, que le dejan ciego, lo que parece que significará el fin de su viaje, etc.
- Los protagonistas son los mismos tipos que encontramos en cualquier novela de aventuras y están repartidos en

dos clases claramente opuestas:

- Miguel Strogoff encarna el bien. A pesar de las dificultades con las que se encuentra, persigue su misión hasta el final, a veces arriesgando la vida, y, lleno de generosidad, aprovecha para ayudar a los demás: primero a Nadia y después a los dos periodistas en peligro en la montaña;

- por el contrario, Iván Ogareff es el malo por excelencia, es sencillamente mezquino. Es un traidor que desea causar la derrota de su país: busca el perjuicio de manera voluntaria y, para alcanzar sus objetivos, no duda en emplear todos los medios necesarios, incluso los más viles (por ejemplo, ordena que torturen a Marfa Strogoff para que su hijo la socorra y se delate).

- Finalmente, el autor hace referencia a una realidad exótica, ya que el decorado que escoge es el de Rusia, Siberia en concreto. Esta tierra está cargada de significado para los occidentales, que la consideran particularmente hostil a causa de sus extensiones heladas y de su estepa desierta. En el imaginario colectivo, también es el país al que se envía a los exiliados. Por lo tanto, este panorama resulta propicio, no solo para hacer viajar a los lectores, sino también para crear múltiples giros en la trama.

¡Su opinión nos interesa!
¡Deje un comentario en la página web de su librería en línea,
y comparta sus favoritos en las redes sociales!

PARA IR MÁS ALLÁ

EDICIÓN DE REFERENCIA

- Verne, Julio. 2005. *Miguel Strogoff*. Traducido por Íñigo Valverde Mordt. Madrid: Grupo Anaya.

EN RESUMENEXPRESS.COM

- Guía de lectura de *Dos años de vacaciones* de Julio Verne.
- Guía de lectura de *El castillo de los Cárpatos* de Julio Verne.
- Guía de lectura de *La vuelta al mundo en 80 días* de Julio Verne.
- Guía de lectura de *Veinte mil leguas de viaje submarino* de Julio Verne.
- Guía de lectura de *Viaje al centro de la Tierra* de Julio Verne.

www.resumenexpress.com

ISBN ebook: 9782806283771

ISBN papel: 9782806286628

Depósito legal: D/2016/12603/595

Cubierta: © Primento

Libro realizado por <u>Primento</u>, el socio digital de los editores